愛されて　生きて

NAKATA Kazue
中田和枝

文芸社

愛されて　生きて

高校生活最後の夏休み、大学受験に向けてラストスパートをかけなければならない大事な時に、私は病院のベッドで青空を見つめていた。正確には、窓の方に顔を向けていたのだった。

何も考えられず、と言うより、考えることを止めていた。

世界から全て消し去り、できるなら私自身も消してしまいたかった。すでに、声というものを私は消していた。

窓の方を向いていたから、傍から見れば空を見ていると思えるだろうが、私の目には空は映っていなかった。

目の前に見えるのは、ただ一枚の写真のみ。スマホのSNSに送られて来た写真が、目を閉じても消えない。時々私の目の前で、火薬が爆発する。きれいな花火として上がらずに業火のごとく。

誰の顔も見えず、誰の声も聞こえない。ただ一つ聞こえる兄の声。私が一番安心できる声。

「春《はる》、もう大丈夫だからね」

私はその声に安心して眠りについた。

ドアをノックして入って来た父と母は、かなりショックを受けているはずだ。今まで、十八年間、何不自由なく、かわいい、かわいいと育ててきた娘が、自殺しようとしたのだから……。

両親揃ってどうしてよいか分からずに、病室に来てもおどおどしている。

「春ちゃん、具合はどう？」

「春、何か食べたい物あるか？　父さんが、何でも買って来てやるぞ」

私は、涙すら流せずに、親の顔に写真を重ねていた。両親は、何も知らないのだ。私が見ているもの、私に起きていることが。

会社役員と重役夫人という両親に、女子高生が何を見て、どう考え、何をしたいのかなんて、分かる訳がない。

ただ、医師である兄は、おそらく気付いていると思う。十八歳も年が離れた兄は、かっこ良くて優秀で、私の親のような存在なのだ。

私の倍生きている大人の兄には、分かっているのだろう。外科医として忙しい中、私に会いに来てくれる。何も言わずそばに居てくれる。それが、私にとってどれ程ありがたいことなのか分かっているのは、兄のみだった。

私は赤ちゃんの頃、よく兄の子供に間違えられたらしい。両親は四十過ぎてからできた私を、本当にかわいがり、甘やかして育ててくれた。愛されて育てられたのは間違いない。けれど、私に起きていることは知らない。私は、黙っていたから。

顔に出さず、見なかったこと、無かったこととして、今まで生きてきたから。

しかし、今回、私は壊れたようだ。

声を、言葉を消した。言いたくないことを言わなくても良いようにするために。

しかし、声は消えても、目の前に見えた。頭の中にも写真は残っている。

消えないよう。消せないよう。


三十六歳で、優秀な外科医の兄。そして兄の八歳下で、今年二十八歳の姉・夏美が居る。夏美は、兄と違って独身で、自由気ままにマンションで一人暮らしている。その姉によって、私の人生は曲がりくねって、その先が見えなくなっていた。

高校三年生の五月、部活動最後のテニス大会で、私は一人の青年と出会った。

大西旬《おおにししゅん》。二十五歳。社会人。

私が通学している高校のOBとして見学に来ていた。旬は、大人だった。紳士として接してくれる彼を、私は好きになり始めていた。旬は、大学受験も頑張れと応援してくれた。大学受かったら、親に交際認めてもらおう、ということになっていた。私と旬の二人の間では……。

夏休み最初の日曜日。

ピローン。スマホにメッセージの着信。姉からだった。画像が添付されている。

旬が上半身裸で眠っている。その横に笑顔でくっつく姉夏美の写真。

（どう？　大人だからねー。春ちゃんには分からないよね。）

コメントまで付けてあった。

何を見てるんだろう私は。何？

何なのこれは。

お姉ちゃんは、私からまた、奪ってくつもりなの？　私からどれだけ取れば気がすむのだろう。

気が付くと、私はその写真にメッセージを付けて旬に送っていた。

(どういうこと？

何なの？

私は子供だから？　だから旬は、お姉ちゃんと仲よくしてたんだ。さよなら)

姉は今までにも、私に近付く男を全部奪っていった。金と女の武器を使って。

私はその度に、私に近付いた男のことを消し去ってきた。私には、何も無かったことにしてきた。しかし、今回は声まで持っていかれたようだ。


病院に運ばれた時、兄はおそらく、私のスマホをチェックしたのだと思う。

誰も居ない時、そっとポケットから出して、私に渡してくれた。そして一言、

「消去したから。心配するな」

そう言って、黙って私の頭をなでてくれた。

(お兄ちゃん)

声が出ない。涙は兄の前で、初めて流れた。静かに、音も無く、細く細く流れた。

兄は、無言でずっと私のそばに居てくれた。

何も言葉はいらない。

＊

俺は、テニスを通して女子高生と知り合った。最初は話し相手として、軽い気持ちだったが、彼女、春を本気で好きになるのに時間はかからなかった。春のことを大切にしたいと思い始めていた、ちょうどその頃だった。

会社の友人らと飲み会に行き、酒を勧められ調子に乗って、飲み過ぎたなと思った時には俺は自分を制御できなくなってしまっていた。

目が覚めて、違和感に気付いた時には、もう遅かった。

目の前で、スマホ片手に笑っている女が、春の姉の夏美だとその時初めて知らされた。氷よりも冷たい汗が体中を流れ、口を、手足を、全身をしびれさせ、俺の体は氷の針の上をすべっていた。

夏美は、勝ち誇ったように言った。

「春と私、どっちが美味しかった？　これ、春にも送っといてあげたからね。春は、どんな顔して見てるかしら」

俺のスマホには、春からのメッセージが来ていた。戻せるものなら一日戻したかった。

＊

もう大学なんかどうでもいい。

旬のバカ。

お姉ちゃんのバカ、バカバカバカ。

春のバカ。

私は友人達に言われていたのだ。

「春、彼とどこまでいってるの？　キスぐらいしたの？　それとも全部あげちゃった？」

私が、キスもまだだって言うと、呆れられた。

「キスもしてないの？　うそでしょう｜。春の体も旬君にあげないと、そのうち誰かに持ってかれちゃうよ。二十五歳の大人がさあ、我慢なんてできる訳ないでしょ」

みんなの言っていた通りだった。お姉ちゃんに持っていかれちゃった。彼は、旬は私のこと、どんな風に思っていたんだろう。

旬に送ったメッセージは既読になったまま。

やっぱり、また無かったことにしなければだめなんだ。私と旬は居なかった。私はこの世に居ないんだ。本当は、まだ生まれていない。生まれちゃいけないのかも。

旬のこと消さないとダメなんだ。

でも、でも消せないよ、旬は消せない。


ピローン。ピローン。

メッセージがいっぱい来る。

(春、ごめん)

(春、これは間違いだから)

(俺が好きなのは、春だけだよ)

(春が好きだから、大事にしてきたんだよ)

（もういいよ。どうでもいい。私疲れた。

生きてるとね、消えないんだよ。

目を閉じても、目の中に写真があって、消したくても消えない。消せないのよ。もういい。もう消えてしまいたい）

無意識に指が動いて、旬に呟きを送信してしまった。

夏の陽が少し西に傾いて、カーテンが、部屋が明るい。カーテンが赤い。写真が見える。姉の笑っている顔。私の目の前で、カーテンが揺れて、火花が散る。

旬はどこ？　旬、目を開けて春って呼んで。


私は、右手にカッターナイフを強く握りしめていた。カチッと刃先を出して見つめていた。もうどうでもいいよ。

涙が、ポツリポツリ落ちて、刃先から逃れるように視界を消す。

揺れるカーテンの前で、写真があざわらう。

旬、どうしよう。

右手がしびれてくるみたい。
旬が笑った。姉が笑った。
キーン、炎の針が私の手首を走った。

＊

俺は、胸騒ぎを覚え、春の家にタクシーを走らせた。一秒が一時間にも思え、心臓がバクついていた。突然訪れた俺のあわてた様子に、春の母親が戸惑いながらも奥の春の部屋に消えて、次に絶叫が聞こえた。

俺が春の部屋で見たのは、ベッドに寄りかかり、手首を赤く染め、血の気を失った白い人形のような、今まで見たこともない春の姿だった。母親はうろたえながらも１１９に電話をかけた。救急車が来るまで、俺は春の手首をタオルでしばり、春の名を呼んでいた。

到着した救急隊員の問いかけに、わなわな震えながら、母親が総合病院の名を告げた。春の兄が働いているらしい。

救急隊員に春から離れるように言われたが、俺は、春を離したくなかった。俺のせいでこんなことになってしまったのだから。

病院で持っている間に、春の処置をしているのが春の兄さんだと教えられた。何にしろ俺は、春については彼女が住んでいる家以外何も知らなかった。テニスの試合後、彼女を家まで送ることになって、その時に、家が大きくてびっくりしたのを覚えている。

おまけに、春の父親が、俺の働いている会社の取締役であることすら気付いてなかった。そう言えば、春の名字は、岩倉だ。俺は、イワクラ加工食品会社で働いていた。

春の両親に、テニスを通じて知り合ったこと、春の父と同じ会社の従業員であること。そして、メッセージを送っても既読にならなくて心配になり、家まで来てしまったことを説明した。

写真の件は、言わなかった。言えない。元はそれから始まったのだが……。

処置室に両親が呼ばれた。俺は外で待った。他人なのだから仕方がない。しかし誰よりも抱きしめてやりたかった。

しばらく思考が止まっていた。

心臓がトクトクと時を進めていた。

処置室のドアが開いて、ナースの出入りが多くなり、やがてストレッチャーに乗せられた春が輸血されながら出てきた。左手首の、真っ白い包帯が、青白い顔が、俺をさらに地獄へと追いやった。春を乗せたストレッチャーは、そのまま特別室へと運ばれていった。

取締役の家族であり、親族が医者で担当医なのだから、春の病室が特別室であっても何も不思議ではない。しかし、俺は、ただ病室の外でぼんやりと立ちつくす他なかった。

病室のドアが開いて、白衣姿の長身の医師が俺に気付き、近付いてきた。

春の兄さんだろう。俺は殴られるのを覚悟して、思わずその場に土下座していた。

「この病院で外科医をしている春の兄、岩倉浩一と申します。君が、大西旬君かな?」

「は、はい」次の言葉が出ない。

殴ってくれ。いっそ殴られた方が気がすむ。

この人は、今回の事態の元を、写真の件を知っているのか?

「君は大人だけどな、春は今時珍しいぐらいの純な女子高生だよ。君もそう思ってたんじゃないのかな?」

「はい。思ってました。大事にしたい、しよう、そう思っていました。それなのに、申し訳ございません」

俺は床に額を付けていた。

「もう遅いから、帰りたまえ。ここに居ても、何もすることがないだろ? 君も社会人なら、社会人としての仕事があるだろう。仕事に私情は挟まない。それが大人としての道理だと思うが。心配してくれるなら、明日、来てやって欲しい」

「はい。明日、必ず来ます。ありがとうございます」


その夜は眠れなかった。

出社したくはなかったが、大人として出勤した。春の兄さんに言われた言葉は忘れられない。何とか一日過ごし、そのまま病院に直行。急ぐあまり何も持ってないことに気付き、花屋に車を止め、見舞い用の花束を用意してもらった。春に会える。それ以外何もない、何も思いつかない。

春は何て言うだろうか。

旬のバカって叩くだろうか。いっそ春に思い切り叩かれたかった。俺はその時、春が声を無くしていることなど全く知らなかった。

病室のドアをノックすると、母親が出て来た。泣きはらした顔で、ハンカチを握りしめながら、俺に言った。

「まあ、来て下さったの。昨日はお礼も言わないで、ごめんなさい。春に会ってあげて」

俺は、ベッドのそばに寄って声をかけた。

「春?」

声をかけても何も言わない。俺を見ても、いや、俺の方を向いただけだ。何も見ていない暗いヒトミが俺の方を向いて、一度まばたきしてから、天井を向いてしまった。

何か変だ。空気がおかしい。父親も、今まで泣いていたようだ。

そこへ、春の兄さんが入ってきた。

「旬君来てくれたのか。ありがとう。春は、今回かなりショックを受けたようだ。実は、しゃべれないんだ」

俺は、手にした花束を落としたことも気付かず、意味も理解できずに立ちつくした。


「ちょっといいかな?」と春の兄さんに、別室へ連れていかれた。

「春のスマホをチェックした。あの写真は全て消去したよ。それから、写真の件は、親には話していない。しかし、それ以外のことは話した。君にも聞いてもらいたい。夏美は、今までにも春に近付く男は全て、自分の物にしてたようだ。君は、夏美に、はめられたんだよ」

「えっ?」

「春は、親にも誰にも言わずに過ごしてきたようだが、今回の件で春は限界だったんだろう。心に深い傷を受けてしゃべれなくなっている。声が出ない。君が目にした通りだ。ここで、君にはっきりと聞いておきたい。春はしゃべれない。いつしゃべるようになるかも分からない。それでも春と付き合うつもりか？」

「俺は、春さんを好きになっていくにつれ大事にしようと、真面目に付き合っていこうと思ってました。声が出なくても、許してもらえるならお付き合いさせて下さい」

頭を下げていた。

「君がそう言ってくれるなら、私は反対しない。春はしゃべれないが、私は君にお願いしたい。春を守ってやって欲しい。春は……きっと君のことが好きなんだよ。だからこそ君のために自分を消そうとしたんだ。そう私は思っている」

「俺のために？　春はそこまで……」

「春を支えてやってくれるかな」

病室に入ると、兄さんが、春が元気になるには、旬君の支えが必要だと両親に説明してくれた。俺は自由に病室へ出入りすることを許された。

二人きりになって、春の手に俺の手を伸ばしたが、冷たい手は握り返すこともなく、力も入っていない。ただマシュマロのように柔らかだった手は凍っていた。

「春、ごめん」

メッセージと同じ、ごめんしか言えない。

俺の前には、暗い目に、粉々になったガラスを体に受けて、血を流して色をなくした人形のような春が居た。

＊

あれから何日経ったのだろう。

両親は、毎日この部屋に来る。来ては泣く。そういえば旬も来る。ゴメンと言って帰る。

泣くなら来ないでよ
ゴメン？　何がゴメンなの？

私は、声が出ない。

私はいったいどうなるんだろう。

ねえ、そもそも、どうしたいの？

私は旬が好きだった。

お姉ちゃんに渡したくない。

そうだ、初めて思ったんだ。

思い出した。

取られるのはいやだ。

私は、私に問う、春は旬が居なくなってもいいの？

私は、私は旬と一緒に居たい。


ある日、旬の声が頭の中まで入ってきた。

「春、俺だよ、分かるか？　俺は、春が居なくなったら生きていけない。お願いだから、消えようなんて考えないでくれよ」

旬の顔がぼんやりと見えてくる。何回かまばたきすると、はっきりと見えた。

「ヴグー、ンー」

声が出ない。力を入れてもしゃべれない。そのかわり、私の目から涙があふれていた。

「無理しなくていいから。俺が分かるんだ、それだけで嬉しいよ。俺が居るから、ゆっくり治していこう」

私は、今まで旬にされたこともないことを、旬の胸に抱き寄せられていた。

旬の胸はこんなに温かかったんだ。こんなにも安心できるんだ、と思った。

私は何てバカなこと考えたんだろう。

生きよう。生きてみよう。

私は、旬のそばに居たいから。

私には空の青さも、白い雲も見えた。

何より、旬の顔がはっきり分かる。

旬を信じよう。前を向いて生きていかないと。

煌めく朝の太陽を見ながら、そう思えるようになっていた。兄も、声は出ないけど家に帰ろうか？　と聞いてくれた。

私の病室が修羅場と化したのは、その日の昼下がりだった。

両親も旬も来てくれた土曜日、私が、〝外の空気も吸いたい〟と書いたメモを見せると、旬が、

「少しずつ慣れていこう。今は暑いから夕方俺が付き添うよ」

と、笑顔で答えた。

それから両親に、〝美味しいアイスクリーム食べたい〟と書いたメモを渡すと、両親は、やっと自分達の出番が回ってきた、とでも言うような嬉しそうな顔をして、今から買いに行ってくる、と病室を出て行った。

久し振りに見る嬉しそうな両親の顔を、私ははっきりと見た。

両親がアイスを抱えて戻ってきた。いろんなアイスが、小さなカップに入れられ、紙袋の中に並んでいた。何種類あるの？　いったい誰が食べるのと思ったが、旬のびっくりして笑っている姿を見ると、私も笑顔になれた。四人でアイスクリームを食べていた、その時――。

コツコツ。ドアをノックする音。そして勢いよくドアが開いた。

「春ー。あんた何やってんのよ。手首切ったんだってー。あんたは本当にいつまでもネンネだね」

悪びれるふうもなく入ってきた姉を見て、全員が凍りついた。

旬は、咄嗟に私の横に来て、手を握ってくれた。私は体が震え呼吸が速くなった。

「お前ってやつはー」

そう言って姉をひっぱたき、父親は、さらに続けた。

「二度と顔を出すな。いいな。分かったら帰れ。出て行け」

「お見舞いに来たのに、叩くことないでしょ。悪かったわね、春」

薄笑いで私に軽く謝り、それから、旬に向かって言った。

「あーら、あんた達、そういう仲だったんだー」

私は、旬の腕にしがみ付いて、声に出せない感情を発していた。

私に何か言いたいことあるでしょ？　はっきり言いなさいよと言う姉。出て行けとどなる父親、間に入って静めようとする母親。

「もうこれ以上、春を苦しめないでくれ。春は、しゃべれないんだよ。そっとしておいてくれよ」

旬の一言に、やっと病室が静まり、私は旬にしがみついて、涙を流していた。

旬が居なかったら、私はきっとまた何も見えない聞こえない世界に陥ってたと思う。

春には旬が居るよ。

お兄ちゃんも居る。

父さんも、母さんも春のこと心配してくれる。

大丈夫。私は大丈夫。

何度も何度も、自分に言い聞かせた。


「春、よく我慢したな。大丈夫だよ。俺は、春がずっとしゃべれなくても、春のそばに居るから」

「今まで、辛い思いさせて悪かったな」

両親も泣いていた。


私は強くなろう。強くならなければ。

九月から学校行けるかな？　声が出ないけど……でも、高校は卒業したい。

両親が、学校に説明してくれて、体育、音楽、文化祭などの学校行事以外は出席ということで登校することが決まった。私は旬に支えられ学校に通い始めた。担任は、私が夏休みに事故に遭い入院していた、その時のショックで声が出なくなっていることをクラスメートに説明してくれた。ベテランの中年担任は、何かと気遣ってくれ、友人達も今まで通りに接してくれた。一部の人の間で、悪く言われているのは、聞こえてきた。みんな私が手首を切ったことを知っている。それでも多くの友達は支えてくれ、ありがたいなと心から思った。

同級生の中には、推せんで大学入学の決まった人が何人か出始め、就職組以外は自分のことでいっぱいだろう。その方が、私にとっても都合が良かった。

父親は私の将来を心配し、大学も就職もしなくても良い、この岩倉の家に居れば良いのだと言ってくれるが、そんなつまらない人生で良いのかと思い始めていた。

旬は仕事、私は学校。ＳＮＳでやり取りして、旬が休みの日は、私の家に来てくれる。時々、ドライブにも連れて行ってくれるのが何よりも嬉しかった。

旬に、手紙を書いた。

大学に行かないで、手話を習おうと思っていて、手話をマスターして、障害者達に係わる仕事をしたいと思っていることを。親にも私の意思を伝えた。

私は、冬休みから手話を習い始めた。担任から、手話活動をしているグループを教えてもらい、その仲間に入れてもらえた。

お正月、実家に帰って来た兄に、

「春、元気になって良かったな。旬君のおかげかな？」

そう言われ、私は恥ずかしくて、笑いながら両手でポンポン兄を叩いた。兄は分かった分かったと言った後、今度は、

「春、手話習い始めたんだってね。まあ色々な働き方、仕事、人生があるからな、春がやってみようと思うことをすればいいさ。困ったことがあれば、何でも相談してくれ」

と、真顔で言った。

（ありがとう）手話で返す。

「おっ、もう手話使えるのか？　春は頑張り屋だからなあ」

私、頑張って生きていくからと心で呟いて、兄を見上げた。

両親、兄の家族、私、旬の七人で近所の神社へ初詣に行った。帰りは、父が馴染みの料亭でお昼になった。どうやら、兄家族と旬の顔合わせのようだ。兄は、五歳年下の奥さんと、幼稚園児の一人息子を連れて来ていた。

父親は、旬を紹介してから、私を支えてくれたことの礼を言って、その後、何を話すのかと思っていたら、「大西旬君に、岩倉家に入ってもらえないだろうか」と切り出した。

「春と結婚してやってくれないか。浩一達が反対でなければだがな。まあ、わしと母さん二人の考えだが、どうだろう」

「俺達は、反対しないさ。父さんの会社継がずに医者の道を選んだんだからな。旬のことだって、春が好きになったんだ。最初から反対なんかしてないさ」

兄は、奥さんと顔を見合わせてから、うなずき合った。

旬は、かなり緊張した様子で、

「ありがとうございます。春さんを大切にしたいと思っています。どうか宜しくお願いします」

そう言って、深く頭を下げた。

私は、恥ずかしいやら、嬉しいやら……ただもう赤面して下を向く以外なかった。

昼食後、料亭で解散となり兄達はタクシーで帰って行った。

父は、

「旬、春を頼んだぞ。宜しくな」

そう言って、母と二人で先に帰って行った。

両親が帰った後、旬と私はゆっくり家に戻ったが、急に旬が言った。

「春、ドライブ行こうか？」

私がうなずくと、旬は自分の車のエンジンをかけ、助手席のドアを開けてくれた。

「メチャクチャ緊張してさ、何食べたか覚えてないんだ。俺がさ、岩倉家に入っていいのか？」

旬は、私との結婚まで許してもらえたことが、ものすごく嬉しかったらしい。私も嬉しいが声も出ない自分に少し不安が残っていた。旬はしばらく車を走らせ、街が見渡せるような小高い丘の広場に車を停めた。誰も居ない広場には、冷たいベンチとすべり台、ブランコがポツンとあった。

私達は車から降りて広場を歩き、柵の前に立って街を眺めた。

「春、幸せにするから。大好きだよ」

旬はそう言うと、ダウンコートの私をそっと後ろから抱きしめて自分の方に向かせ、キスをしてきた。私の顔をじっと見つめてから、また長いキス。私はされるがままで、両手は自分の胸の前で握られたまま動くことさえできなかった。

友達の言葉が蘇る。

(春。二十五歳の大人が我慢なんかできる訳ないでしょ。そのうち誰かに持ってかれちゃうよ。持ってかれちゃうよ。)

どうしよう、どうしよう。また一人になっちゃうのかな。涙が出ていた。

「春ごめん。いきなりでびっくりした？」

(旬、キスだけでは我慢できない？ 体もあげないとまた一人になっちゃうのかな)

スマホで送信。すると、すぐに旬が私を抱きしめて言った。

「春を一人になんかしないよ。傷つけてしまってごめんな。俺は春だけだよ。大好きだ、キスだけで十分だよ」

そして長い長いキスをされた。私は、そうっと旬の腰に手を回していた。

三月、私はトップクラスの成績で無事に卒業した。手話もだいぶ覚え、手話サークルの人達と充実した日々を過ごしていた。

両親は、無理はするなと心配してくれるが、私は一生懸命に一日一日大事に生きていこうと思っていた。

四月に入って、岩倉家には、岩倉旬・春と書かれた表札が加えられた。入籍を許してもらい、私は、旬が眩しく感じられた。

旬は、誰よりも早く出社し、会社内では、周囲の好奇の目に晒されながら、大変な日々を送っていたと思う。私は、ただ旬を見守ることしかできなかった。

やがて桜も散って、街中にはこいのぼりが泳ぎ、日射しがきらきらと眩しく煌めいていた。もうすぐ旬の誕生日だ。二十六歳になるのだ。私も、もうすぐ十九歳になる。声を失っている私を傷付けまいと、キス以上求めてこない旬は、かなり我慢しているはず。体を求めて、あの写真を思い出すかもしれないと、旬は恐れているのかもしれない。

（旬、誕生日、おめでとう。）

旬の誕生日、私はSNSでメッセージを送信した。

メッセージを見た旬は、ありがとうと言いながらキスを求めてきた。

（明日の日曜日、ドライブ行きたいな。旬疲れてなかったらの話だけどね。）

「大丈夫だ。一緒に行こう」

（じゃあ、お風呂入って早く寝よう。）

私は、心に決めていた。旬の誕生日に私の全てをあげようと。

バスタオル姿で寝室に入っていった私に、旬はちょっとびっくりしたようだが、嬉しそうにも見えた。旬は、バスタオルの上から優しく抱きしめキスをしてきた。私が初めてであることを、旬は知っている。だから旬に任せよう。

ボディーソープの香りの中、私は旬の世界に誘《いざな》われた。


カーテンを少し開けると、青空が見えた。今日もいい天気だ。

旬を起こさないようにそっと寝室を出て、横の部屋でコーヒーを飲みながら、ドライブはどこに連れて行ってくれるのかなあと考えていた。

シャワーして、着替えようと寝室を開けると笑顔の旬が立っていた。

「おはよう春。最高のプレゼントだよ。ありがとう」

私は恥ずかしくて、旬の顔が見られなかった。言わなきゃ。頑張れ春。思い切って……。

「ヴー、ンーグー」だめだ。もう一回。

「何？　春？　どうした」

「シ……シュン」言えた。

「春、今シュンって言った？」

もう一回、力を入れて。

「旬、ありがと」

旬は、私を抱きしめて泣いていた。


一階リビングに下りて行くと、両親はテレビの前でお茶を飲んでいた。

「おはよう」と私が言うと、二人揃って私の顔を見て、しばらくしてようやく私がしゃべれるようになったことが理解できたようだ。

「春ちゃん、あなた声が……」

「春……、声出るのか？……」

二人共、その後は涙で声が出ない。ひとしきり泣いてから、やっと私と旬に、「ありがとう」と、「良かったな、おめでとう」を繰り返した。

「浩一にも伝えないとな」

父が言ったので私が電話するからと、スマホで兄を呼び出した。メッセージではなく電話だったから、兄は何事と思ったのだろう、すぐに出た。

「春か？　どうした、何かあったのか？」

「お兄ちゃん」

「声が出るようになったのか」

「うん。しゃべれるようになった」

「そうか、よく頑張ったな。お祝いしないといけないな。夕方そっちへ行くよ。じゃ」

兄は嬉しそうに言った。

両親は大喜びで、昼は「お祝いしよう」と、仕出し屋に電話し、夜も「予約しないといけない」と騒がしい。そんな両親を見て、私もやっと実感がわいてきた。雪解けのように、体の血が再び巡り始め、薄いベールが取り去られた。細胞が生まれ変わったような感覚がする。目の前が明るい。

ドライブに行く予定だったが、家でお昼御飯に特注の鮨を両親と一緒に食べることになった。父はお酒も飲んで御満悦。

「お昼から飲んで、夜お兄ちゃんが来たらどうなるのかしらね」

私が言うと「そうだな」と、旬も笑っていた。

夕方、兄一家が来た。兄は私を抱きしめて、

「よく頑張ったな、春」

と言うと、旬に顔を向けた。

「旬、ありがとう。君も辛かっただろ。よく我慢してくれたな」

お義姉さんからも祝福された。


生きていて良かった。

手首の傷は消えないが、あの写真は無かったことにできる。みんなの笑顔を見て心から思った。どんなことがあっても、前を向いて生きよう。旬に助けられた命だもの。

夏の夕方。ドーン。パーン。花火の音。

浴衣姿の私を見つめて、満足そうに笑顔で送り出してくれた両親。旬と手をつないで、花火見物に出掛けた。去年私の心の中で業火のごとく上がっていた花火が、今は目の前できれいに咲いている。色とりどりの宝石のように、夜空を染めている。川辺の桜の木と木の間に大きく円を描いて花が開き、花びらがキラリハラリと散っていく。立ち止まってしばらく眺めていた。きれいねと言う私の耳元に、

「浴衣の春はもっときれいだ。好きだよ」

と、花火の音に消されないようにささやく声がした。旬を見ると、笑っていた。

川原の広場には、屋台が並び、人々がうごめいていた。屋台の匂い、花火の匂い、草の匂い、人々の声、花火の音。川原には、日常にない世界が広がっていた。私は川原には行きたくなかった。別の世界に連れて行かれそうで、私の足は、桜の木の元から動けなかった。おそらく、大学生になっているかつての同級生達は、川原に来ているだろう。あの屋台の前で羽目をはずして笑っているだろうと思う。姉も。賑やか好きの姉ならきっと居る。男友達と騒いでいるはずだ。

「旬、もう帰ろう」

「川原まで行かないのか？」

「私歩きにくいし、足が痛い」

誤魔化した。旬は屋台の前も楽しみたかったに違いないが、私が「足が痛い」と言ったから、諦めたようだった。帰りは、私の足を気遣ってゆっくり歩いてくれた。途中のコンビニでアイスクリームを買った。歩きながら、メロン味のアイスクリームを食べた。口の中で甘いメロン味が広がっていく。夏の夜風は昼間の暑さを忘れさせてくれる。熱せられたアスファルトも風になでられ落ち着いているが、明日になれば、太陽に照らされ焼かれる。

今、川原で騒いでいる人々も、明日になれば羽目をはずしたことを恥じることもなく、日常に戻るのだろう。おそらく姉もだ。家に帰り着いて、汗とほこりを洗い流す。川原から上がってくる風によって、いろんなにおいが体中に染み付いているように思う。姉のからみ付く視線をも洗い流すように、ボディーソープで念入りに満遍なく体を洗った。

夏は、あっと言う間に過ぎて行き、ポプラ並木が黄色く染まり始めた。

手話サークルからの帰り道、私の横を一台のスポーツカーが通り過ぎようとした。

私の横まで来た時、スピードがゆるめられ、じっくりなめまわすような視線が私に向けられているのを感じた。見なくても分かる。姉だ。

　何か声を掛けてくるのだろうか？　私は平常心を装い前を向いて歩いた。赤いスポーツカーは、何事も無かったかのようにエンジンを吹かして走り去った。時々感じる姉の気配。私のことがそんなに気になるのか？　ひょっとして、姉は淋しいのかもしれない。男友達はいても、本当に愛されていないのかもしれないし、姉自身が、心から愛せる人に出会っていないのかもしれない。

　秋が深まりゆく中、旬と久し振りのドライブに行った。

「あんなに紅葉してる。この間まで夏だったのにね……」

「あっと言う間だったな」

「旬、会社では大変でしょ？　私の親とも仲よくしてくれてありがとう。私何も役に立てなくてごめんね」

「何言ってんだよ。俺は春が居るから毎日頑張れるんだよ」

「ありがとう。そう言ってくれると嬉しい。でもね、私は旬しか知らないから、旬にはつまらない女に思われてないかって不安な時がある。旬は、私以外の女を知ってるでしょ?」

しばらく無言で運転していた旬は、広くなった道の横に車を停車させ、私の顔を見つめて、はっきりと言った。

「春、正直に言うよ。俺は、春に出会うまでに何人かの女性と付き合ったし、体の関係も持ったよ。でもな、春のように一生懸命生きてる女は居なかった。人のことを思いやる心を持つ女も居なかった。みんな、自分が、私が一番の女ばっかりだった。高校生の春に出会って、キラキラした春に俺はひきつけられた。俺が春を選んだ。後悔なんかしたことは一度もない。礼を言わなければならないのは俺の方だ。俺を、こんな俺を受け入れてくれてありがとう。ずっと一緒に居て欲しい」

「旬、私も後悔なんかしてないよ」

涙で、あとの言葉が出なかった。

「泣くな。笑ってろ。笑ってるのが本当の春だ」

そう言って旬が私の頭に手をのせた。

旬に、生まれて初めてキスをされた場所に来ていた。そして目にした赤いスポーツカー。直感は当たっていた。ドアが開き、黒革のブーツにジーンズ姿の姉が、ゆっくりと降り立った。

「春ちゃん久し振りだね。旬だっけ？　あんたもまだ続いてんだ。そうだ、結婚したんだってね」

無言で立っている私の前で言った。旬は、私をかばうように腕を私の背中に回して私を自分の方に引き寄せた。

「何か言えば？　私のこと嫌ってるんでしょ二人共さあ。それともまだしゃべれないの？　ねえ、何か言うことないの」

「お姉ちゃん本当は淋しいんじゃないの？　でなければ、私のことなんて気にならないでしょ？　お姉ちゃんは、お姉ちゃんの人生大切にしないと。人生って一回きりだよ」

私は、やっと返せた。今まで姉に言えなかったことを言葉にした。

姉自身も気付いているはずなのに。

私の言葉が言い終わると同時だった。

「そんなことあんたに言われなくったって分かってるわよ。子供が生意気なこと言わないでよね。ホント、ムカツクのよー」

言いながら、姉は自分のバッグを私にぶつけてきた。旬は私をかばってくれたが、咄嗟のことでもあり、姉の力はかなり強かったのだろう。私は、旬と一緒に柵に体を打ち付けた。何が起きたか理解できなかった。お腹に急激な痛みが走り、思わず声にならない呻き。流れる赤い糸が、全身の力を消し去っていく。

旬が私の名を叫んでいた。私は黒い闇の中へ痛みと共に引きずり込まれていった。

誰かが春って呼んでる。誰？　私のこと？　前が見えない。ここは、どこだろう。痛い痛い痛い、助けて、痛い。取らないで。私の赤ちゃんなの。連れて行かないで。

私は、私の大事な赤ちゃんを失ってしまった。小さな小さな宝物。大切な命を。

旬は、両親と兄に土下座までして謝った。

旬が悪いんじゃないのに……。

両親も兄も、旬を責めることは一切しなかった。それがかえって、旬を苦しめることになったのかもしれない。私達家族は、少しずつ歯車がずれていった。

親族の集まりのような会社内で、血のつながりのない若者が、苦労しないなんてことあるはずがない。そんな生活の中で私を大事にしてくれ、いつも笑顔でいてくれた私の大切な人だ。しかし家の中に薄い霧が立ち込めるようになっていった。

私は考えに考えた末、彼を自由にしてあげよう、霧の中から太陽の下に返してあげよう、と思った。もう私はこれから先、子供を産めない体になっていたから。

二十八歳の彼なら、この先自分の子供を持つことができる。私は彼に助けてもらった命、一度失っている。だからこそ、何でもできる。私はそんな勇気まで彼にもらっている。

両親は心配のあまり、ぐんと年老いて見えた。兄は、君達が決めたことならと、何も反対しなかった。

「春、大人になったな。お前の人生だ、好きに生きてみろ。いつでも応援しているから」

兄は、私にそう言ってくれた。

＊

二十一歳で私は一人になった。旬に出会ったことに後悔はない。出会っていなかったら、ありきたりの、決まったレールの上を歩いていたと思う。一人になって生きてみよう。新しい道を歩いてみようと考えられる女性になっていた。

人は不思議だ。あんなに愛して、離れられないと思っていた人と別れた。私は旬が憎くて別れたんじゃない。旬に新しい人生を生きて欲しいから別れたのだ。

兄は父の会社を継がず、医師の道を選んだが、年老いていく両親を見捨てることなく、マンションから広い実家に移り住んだ。

私は、兄がマンションを用意してくれたため、それに甘えることにした。

住む場所は決まった。次は仕事だ。生きていくために働かなくては。思い切ってハローワークに初めて行ってみた。

思った以上に仕事はあった。しかし賃金の安さに驚く。今まで気付かなかった。私は、どれ程親や旬に守られていたんだろう。何不自由なく育ててもらっていたことに感謝しかなかった。

姉も一人で生きていたんだ。私は姉と同じ立場になってやっと気付いた。姉も一生懸命に生きていたんだと。それなのに何も知らないで、一人で生きる大変さも知らずに、偉そうなことを言ってしまったと思った。

自分の無知に呆れ果て、ハローワーク一日目が終わった。マンションに帰る前に、スーパーで食材を買わなければ冷蔵庫の中は空っぽだった。まず夕御飯だ。それと朝食のパン。面倒だから、値引きのパンでいいか。

夜はどうしよう。夕方のスーパーでは、売り上げを伸ばそうとマイク片手にお買得品をアピールする店員。一円でも安い物、お得な商品ゲットに燃える客。お母さんに付き合わされてグズる小さな子供。別世界に迷い込んだ感覚。私は早くこの場所から逃れたくて、半額のシールが貼られた弁当を手にレジに並んだ。テキパキと仕事をこなしているレジ係の若い子。私と変わらない年齢の彼女は、笑顔を絶やさない。私には無理だ、この店内から逃れようと思うような私にこの仕事はできない。

私、仕事できるのかなあ。お姉ちゃんはすごいな、いつも元気そうにしてたもの。

急に淋しいと思った。レジ袋を持って、誰も居ないマンションに向かいながら、思いを巡らせた。

お姉ちゃんも、最初は今の私みたいだったのかな？

でも、親からお金もらってたようだし、赤いスポーツカーも買ってもらったって言ってたけどなあ。

旬はどうしてるんだろう。メッセージはどうしても消せなくて、そのままにしてい
るが着信はない。旬に会いたいな。

これから一人で生きていけるかなあ。ものすごく不安だった。

誰も居ないのは分かっているが、声を出していないと、世の中から消されそうで、
「ただいま」と言いながらドアを開けた。電気を点けて、テレビのリモコンボタンを押
して、それから一人分のお弁当をレンジで温めた。
ピロン。SNSに着信。兄からだった。
（春、大丈夫か？　一人でやっていけそうか、無理しなくていいからな）
私はすぐ返信した。
（大丈夫だよ。今から夕御飯でーす。今日ね、ハローワーク行ってきたんだ）

（何かあったら、いつでも連絡してこい）
（オーケー。ありがとう！）

送信しながら涙が出ていた。淋しくて急に旬のことを思い出していた。旬の胸は温かかった。

今なら、お姉ちゃんの気持ちも分かる。

次の日、兄から、病院まで来るようにと連絡があった。何だろうと思いながらバスに乗って、指定された時間より少し早く着くように向かった。総合病院の玄関前で長身の兄が待っていた。白衣の胸ポケットの岩倉浩一という字が眩しかった。

「早かったな。急に呼び出して悪いな」

そう言って案内されたのは、院長室だった。

ソファーに恰幅の良い医師が座っていた。私を見ると立ち上がって、

「お待ちしていました。初めまして。私、院長の長谷川です」

と、名刺を差し出した。名刺を手にして立っている私に、兄は、

「まあ座れ。実はな、今は人手不足でな、医者と患者の間に入ってコミュニケーショ

ンを取ったり、患者のケアができる人材が足らないんだ。春、手話できるだろ？　この病院で働いてみないか？」

そう言った。

「岩倉先生の妹さんが、手話ができると聞いてね。それに声を失っていた時期があるとも。そういう苦しい経験をしてきた人なら、なおさら、患者に寄り添うことができると思うんだよ。春さんさえ良ければ、この病院で働いてもらいたいと思っているんだがね。どうだろうか？」

私には、勿体ないような話だった。

兄のおかげだ。おそらく兄が院長にお願いしてくれたのだろう。ようやく自分が手話をマスターしていることを思い出した。

障害を負った患者のサポート、手話通訳。

働かせて下さいと言ったものの、私にできるだろうかという不安の中、私は新しい人生を走り始めた。

一日は、あっと言う間に過ぎていく。

私はいつも誰かに支えられ、愛されながら生きてきた。今度は、私が誰かを支えていけるように生きていこうと思った。頑張ろう。葉桜が眩しいくらい夕日に輝いていた。

「春ちゃん、お願いできる？　助けて。例のおじいちゃん」

「分かりました」

そう返事して病室に急ぐと、患者のおじいちゃんが食事がまずいだの、こんな物食えるかだの、無茶苦茶にわめき散らしていた。淋しくて誰かに話し相手になって欲しい患者の我がままに付き合っていられる程、ナースは暇ではないのだ。みんな時間に追われている。

「おじゃまします。こんにちは。あらまあ、食事全部残してるじゃないですか。作って下さった人に悪いですよ」

「知るかそんなこと。俺の口に合わん」

「元気があるうちは良くても、管理栄養士さんが計算して考えて作ってくれた物食べないでいると、元気が無くなってきて、そのうちしゃべれなくなっちゃいますよ」

ちょっと、おどかすつもりで私は言った。

するると、おじいちゃんはぎろっと私をにらんだ。

「お前みたいな若いもんに何が分かるんじゃ、第一、お前、しゃべれなくなるなんて経験してんのかよ」

「経験してるから教えてあげてるんじゃないですか。知らなかったんですか？　私、ここに入院してた元患者なんですよ」

おじいちゃんは、目を見開いて私をまじまじと見てきた。私も今なら話せる。あの頃の苦しかったことを笑い話にもできる。

「アーもイーも、言えなくなったら困るでしょ？　さあ、一緒に食べましょ。これ食べれたら、デザートもう少し増やしてあげて欲しいですって栄養士さんに頼んであげますよ。どうぞ召し上がれ」

「しゃべれんかったら、文句も言えんな。お前さん、よくしゃべれるようになったな」

「私もね、もう一生しゃべれなくなると思ってたから、手話の勉強したの。それで、一生懸命生きてたら、ある日声が出るようになってた」

私はできる限りの笑顔で、話し相手をした。

しばらく、もくもくとスプーンを口に運んでいたおじいちゃんが、私の左手首の傷を見ながら言った。

「もしかしてよ、その傷も原因か？　すまん、変なこと聞いて悪かったな」

「そうですよ。今は何てバカなことしたんだろうって思ってる。もうこの傷は消えないもの。おじいちゃんも、無茶言ってると、私みたいに消せない心の傷残すことになっちゃいますよ」

「悪かったな。ありがとな」

そう言っておじいちゃんは、初めてニイッと笑った。

「悪いと思ったら謝れる。やり直すことも人間はできますもの。私みたいにね。しっかり食べて、早く退院しなくちゃね」

私は、人に偉そうに、人間はやり直すことができると言っているが、自分はどうなんだろう。日々の忙しさを言い訳に、旬のことも無かったことにしようとしている。旬は今頃、新しい家庭で、私のことなんか忘れて幸せにしているんだろうか。

＊

月日は流れ両親は年老いて亡くなり、姉も、和解できないまま事故であっけなく亡くなった。私が今働いている病院に、兄はもう居ない。外科医になった息子と一緒に、実家で岩倉外科病院を開業したのだ。

旬と別れてから何年過ごしてきたんだろう。

私は、今年五十歳になった。更年期症状も出てきたため、体調に注意しながら、短時間労働のパート勤務として一日一日を過ごしている。一人で生きていくのが精一杯だった。

旬と初めて、生まれて初めてキスをした場所。あの場所は、私の宝物、赤ちゃんを失くした場所でもある。忘れられない。もう子供を産めない体になったと分かった時に、私は旬に申し訳なくて、旬を自由にしてあげようと思った。あの場所に行ってみようか。

今まで怖くて行けなかった。

前を向いて生きてきた。自分で自分を誉めてあげたい。両親が居て、姉も兄も居て、愛されて支えられて、だからこそ生きられた。

今も兄が居る。けれど、兄も老いてきている。そして私自身が老いを感じ始めている。

今頃になって何を求めている。何を期待してるんだろう、私は。


タクシーであの場所を目指した。

小高い丘の広場は、すべり台とブランコが消えていた。ベンチが新しくなり、きれいなブルーのペンキが塗られ、鉄製の柵も同じ色に塗られていた。所々雑草が伸びて、人はあまり来ないようだ。太陽が知らない間に西の空へ傾いていた。赤く染められていく広場。立ち止まっている私をも染めていく。三十年前の昔が蘇ってくる。腹部が痛い。思わず下腹部に手を当てる。その下を赤い血が流れていた。もう取り戻せない時間。私の体は、あの日のことを消し去ることなく、はっきり覚えている。

たった一枚の写真に衝撃を受け、手首を切って声を失い、子供を失い、私は、夫まで手放してしまった。旬が大好きだから、愛していたから、自由に生きて欲しかった。

旬、この世で生きてる？

自由に生きてる？

私、一生懸命に生きてきたよ。

後悔はしていない。

そろそろ帰らないとね。自分で自分に言い聞かせるように振り返った、その時だった。一台の車が広場に停まった。運転席のドアから降り立ったスーツ姿の男性が、私の方に歩いてくる。急ぐでもなく、のんびりでもなく長身の男性が。

「………」

ああこの声、姿。年齢を重ね、貫禄がついたとて、忘れようにも忘れられない。

「春？　春なのか」

「旬」やっと声が出た。

「忘れてなかったんだね、春も」

「忘れられないよ、ここは。だって生まれて初めて、旬にキスされた所だもの」

旬は、私の体を両腕で包み込むように優しく抱きしめてきた。そして口を塞がれた。熱い唇が、濃厚なキスを求めてくる。まるで彼の人生を語るかのように。私はしばらく、体の力が抜け落ちていた。

旬の人生を壊してはいけない。彼の生活を傷付けてはいけないと思い直し、離れようと旬の胸を手で押した。が、旬の腕から逃れられなかった。旬の熱い手が私を離さなかった。体が熱い。旬も私も熱かった。

やっと私の口を解放すると、

「春、家まで送って行くよ」

そう言って私の背に手を回した。

「私の住んでる所、あなた知ってるの？　あなたも自分の家に帰らないと、ご家族の方待ってるでしょ？」

私が言うと、旬は笑いながら、知らないのかとでも言うように、

「俺はずっと一人で生きてきた。君もだろ？　何も聞いてないのか……」

と呟いた。

「旬は誰かから私のこと聞いたの？」

「俺は、春の兄さんから、今春が住んでるマンションを買った時に聞いて、それから時々春のこと教えてもらってた。春は、良い年の重ね方してきたな。俺も春に負けないような人生送ろうとしてきた。一人で生きてきた。俺は春を忘れられなかった」

知らなかった。何も知らずに生きてきた。こんなにも私は愛されていたんだ。

さあ帰ろうと促され、一歩を進めようとした時、めまいがした。気が付くと旬に抱

き止められていた。

「大丈夫か。もしかして体調悪いのか?」

心配させてはいけないと思いながら、

「大丈夫。年のせいかな?　時々急にね、大量の汗かいたり、めまいがしたりするけど、薬飲んでるから」

と答えた。

私は旬の車の助手席に乗り込んだ。旬は無言で運転していた。私も何も言わないし聞かなかった。聞きたいことがありすぎて、何から話し始めれば良いのか分からない。

マンションの前に車を止めて、旬はやっと口を開いた。

「春の家に寄ってもいいかな」

私は、こうなる予感はしていた。

「いいわよ。どうぞ。車は駐車場に停めて」

エレベーターのボタンを押して、二人揃って乗った。五階で止まり、ドアが開いて降りる時、旬は私の肩を抱いてきた。私達はそのまま廊下を進み、私の部屋の前に立った。私は部屋の鍵を回し、ドアを開けて電気のスイッチを押した。旬がドアを閉めて、鍵を掛ける音が私の背に聞こえた。

「旬、コーヒー……」

私の言葉を遮って、唇を重ねてきた。

「春、ずっと忘れられなかった。君を一人にしてしまって申し訳なかった」

私がしゃべろうとしても、しゃべらせてくれない。すぐ口を旬の唇が塞いでくる。

「春、俺は我慢できないようだ」

リビングで、私は旬に抱かれた。旬以外の人と体の関係は持ったことがない。青いりんごだった私は、今、旬の前で真っ赤な甘いりんごと化して深く愛された。


テーブルの上に置いている薬袋を、じっと見ながら、旬は言った。

「春、俺の所に来ないか？　今まで頑張ってきただろうけど、俺の元でゆっくりしたらどうだ？」

何も言えないでいると、旬は申し訳なかったと頭を下げた。

「あの場所、あの日を忘れたことはなかった。俺は春の心も体も傷付けてしまって、守ってやれなかった。守るどころか君を手放してしまった。許して欲しい。俺はずっとあの場所へ、許しを請いに行っていた。今なら、君を守れると思う。小さいながら自分の会社持って、家も買った。見に来てくれないか」

「私こんなに年取ってるよ。それに更年期障害患ってるし、いいの？　旬、本当にあなた好きな人作らなかったの」

「年取ったのは俺も同じだ。春のような人は居なかった。俺には春だけだ」

「私も旬以外考えられなかった。必死で生きてきた。気が付いたらこんな年になってた」

　質素な私の部屋を見ながら、旬がささやいた。

「シャワーしてから、食事に行かないか？　俺は腹が減った」

　夕食がまだだったことに気づき、私も空腹を覚えた。

　シャワーの後、クローゼットを開けて服を選んでいると、後ろから抱きすくめられた。

「風邪ひかないように暖かくしろよ。春、俺はまだ君を抱き足りないらしい。君を食べてしまいたいよ」

耳元に、旬の熱い息がかかる。外はすっかり寝静まって家々の明かりも消えていた。

二十四時間営業のレストランには、若いカップルや、ラーメンやお茶漬けをすすっているサラリーマン風の人がチラホラ。疲れているような人が多い。私と旬は、どんな風に見られているだろうか。従業員は、感情も好奇心も隠して料理を運んでいる。

タッチパネルで定食を注文した旬は、私に聞いてきたが、あまり食べられないからと、単品のミニ丼物とミニアイスを注文した。

「いつもこんな少ないのかい？　具合悪いなら、正直に言ってくれよ」

「心配してくれてありがとう。私は、ホルモンのバランス悪いから、それに、こんな遅くにたくさん食べるのも体に悪いでしょ？」

「まあな、確かに。俺は腹減ってるから食べる。春をあれだけ食べたのにな」

と言いながら私を見て笑った。

「もう、恥ずかしいこと言わないで」

私は、アイスクリームを食べながら、暑くもないのに流れる汗をハンカチで押さえ、バッグから薬を出して口に入れた。

料金受取人払郵便

新宿局承認

2524

差出有効期間
2025年3月
31日まで
（切手不要）

郵便はがき

1 6 0-8 7 9 1

1 4 1

東京都新宿区新宿1－10－1

(株)文芸社

愛読者カード係 行

お名前《ふりがな》			明治 大正 昭和 平成 年生 歳		
ご住所《ふりがな》	□□□-□□□□			性別 男・女	
お電話 番 号	（書籍ご注文の際に必要です）	ご職業			
E-mail					
ご購読雑誌（複数可）			ご購読新聞 新聞		

最近読んでおもしろかった本や今後、とりあげてほしいテーマをお教えください。

ご自分の研究成果や経験、お考え等を出版してみたいというお気持ちはありますか。

ある　ない　内容・テーマ（　）

現在完成した作品をお持ちですか。

ある　ない　ジャンル・原稿量（　）

書　名			
お買上 書　店	都道　　市区 府県　　郡	書店名	書店
		ご購入日	年　月　日

本書をどこでお知りになりましたか?

1.書店店頭　2.知人にすすめられて　3.インターネット(サイト名　　　)

4.DMハガキ　5.広告、記事を見て(新聞、雑誌名　　　)

上の質問に関連して、ご購入の決め手となったのは?

1.タイトル　2.著者　3.内容　4.カバーデザイン　5.帯

その他ご自由にお書きください。

(　　　)

本書についてのご意見、ご感想をお聞かせください。

①内容について

②カバー、タイトル、帯について

弊社Webサイトからもご意見、ご感想をお寄せいただけます。

ご協力ありがとうございました。

※お寄せいただいたご意見、ご感想は新聞広告等で匿名にて使わせていただくことがあります。

※お客様の個人情報は、小社からの連絡のみに使用します。社外に提供することは一切ありません。

「春、コーヒーは別の所で飲もう。ファミレスコーヒーなんて香りもないだろう。行くぞ」

レジではカード払い。私はいつも現金でもたついてるのに……。

長身の彼は、私をエスコートして助手席に座らせると、車を出した。

知らない街中を走らせる。私は何も聞かずに、車のシートに体を預けていた。

三十分以上走っていたように思う。やがて、車は停まった。どこかの駐車場のようだ。旬に促されて車から降りると、波の音と磯の香りがした。近くの一軒のバーのような店まで歩くと、旬は店のドアを開けて言った。

「よう。久し振り。コーヒー二つ頼む」

「いらっしゃいませ。旬さん珍しいですね、いつも一人なのに」

「ああ、俺の嫁だ」

「結婚してるって本当だったんすか。だから女の人が寄って来ても相手にしなかったんだ。こんなすてきな奥さん居てたらねえ。初めまして、旬さんの友人のケンと言います」

「旬、嫁って……」

「春には悪いと思ったけど、例の紙な、役所には出してないんだ。だから今でも俺の嫁だ」

「うそっ……知らなかった」

呆れて言葉が出ない。

「浩一義兄《にい》さんも知ってる。今まで様々な手続きが必要だったが公的な手続きは義兄さんに委任してたんだ。だから連絡取り合っていたんだ」

本当に私は何も知らないで生きてきた。私だけ、知らなかった。自分のことで精一杯だったから。でも私はこんなに守られて愛されてたんだ。

コーヒーの良い香りが、店内の空気を変えていく。午前三時のコーヒーが、体内に染みていった。思わず呟いてしまう。

「美味しい」

「ありがとうございます。旨いでしょ。各国旅して、コーヒー豆選んで、自分なりに何種類かブレンドして、オリジナル品作ってます。喜んでもらえて嬉しいです。俺、正直旬さんがウソ言ってると思ってたんですよ。だっていっつも一人で来るんだから。女の人を連れて来たこと一回もないんすよ」

私とケンさんとの会話を嬉しそうに聞いていた旬は、私の様子に気づいて声をかけた。

「体、大丈夫か？　すごい汗だな。コーヒー一杯で、こんなに汗出るのか」

「いつも、こんな感じ」

と言いながら、私はガーゼのハンカチで顔と首の汗を押さえた。

帰ろうか、と言って、旬は私を抱きかかえて店を出て、車に乗ってもあれこれと気遣ってくれる。

「旬、ありがとう……」

思いはたくさんありすぎて声が涙に変わる。

「泣くなって。生きて来たからこそ今があるんじゃないか」

もうすぐ夜が明ける。空がうっすらと青白くなり、赤味のある黄色が少し加わってくる。日曜日の朝だった。私は仕事ないんだったと思うと、疲れを感じた。

一軒家の前に車が停まった。

「きのう言っただろ？　俺の家見て欲しいって」

旬の後について、家に入った。大きなテレビとソファーにガラステーブルのある広いリビング、オレンジ色のタイルがすてきなキッチン。ダイニングには丸いテーブルに二脚の椅子。トイレ、シャワー、広めのバスタブ。階段を上がると寝室。シャワー室。

「眠れてないだろ、シャワーしてから休もう。先にシャワーしておいで」

そう言ってバスタオルを手渡された。

旬の奥さんなんだ。別れたと私一人が勝手に思ってたんだ。涙がシャワーと一緒に流れる。幸せの涙が流れる。

旬が入ってきて、私を抱きしめた。私は声を出して泣いた。泣いている私をバスタオルで包むと、ベッドへ連れていった。

「泣くな。今まで春は一生懸命生きた。俺もだよ。これから、この家で一緒に生きていこう。もう春を手放したくない」

朝日が昇り、鳥の鳴き声がする。周りの家の人達が動き出す気配と子供の声がしてきた。私は、旬の腕枕の中、まどろんだ。

目が覚めたのはお昼過ぎだった。冷蔵庫は空っぽだから外食しようと、旬はまた車を走らせた。旬は行動が速い。本当に五十七歳なんだろうか？　若く見える。イキイキしている。まるでこれからの人生にワクワクしているようだ。

私も楽しまなくちゃ。残りの人生も生きなきゃね、笑顔で生きよう。

昼食後、私が働いていた総合病院に行き、院長先生に会う。岩倉先生から連絡頂いてますからと言われ、何だか拍子抜けしてしまった。私は守られてばかりだ。アスファルトがいつもより眩しい。

岩倉外科病院の文字が見えてきた。病院玄関にはすでに兄が立っていた。久し振りの兄の頭には白いものが目立ってきていたが、いつもの笑顔だった。

「おう、やっと二人揃って来たか」

「義兄さんいつもありがとうございます。今日やっと一緒に来ることができました」

「お兄ちゃん、ありがとう」

「まあ良かった、良かった。お互いにいい人生経験できただろう。旬は会社も順調そうだな」

兄家族みんなに喜んでもらった。一番びっくりしたのは、兄の息子が、若い頃の兄そっくりに成長していたことだ。

帰りの車の中、旬はどんな仕事をしているのか私は知らされていないと思うと、急におかしくなって、笑ってしまった。

「春、何がおかしいんだい」

「だって私、旬の仕事何も知らない」

「ああ、まだ何も言ってなかったな。それで笑ってたのか。今日は買い物できなかったな。夕食は寿司でも食べて、明日会社に行こう」

旬も笑っていた。

次の日、私は近くのカフェで、モーニングサービスを利用すると思っていたが、旬が車を止めたのはレストランの前だった。

「旬、まだ開店してないんじゃないの？」

「俺は特別だよ。大丈夫、連絡は入れてあるから」

すぐに店の中から、コックスタイルの男性が出て来た。

「いらっしゃいませ。社長、女性連れは初めてですね。二人前と仰るから珍しいなとは思ってましたが……御用意できておりますので、どうぞ。奥様、初めまして、私このレストランの店長をさせて頂いております小林と申します。今後とも宜しくお願い致します」

　挨拶され私も頭を下げた。

「こちらこそ、宜しくお願いします。開店前にごめんなさいね」

「小林、ケンから聞いたのか、嫁の話」

　小林さんは、はい、と答えた。

「旬、どういうことなの？」

　香りの良いコーヒーを一口飲んでから、旬は口を開いた。

「俺の店だよ。このレストランと和食店を経営している。和食店はまたそのうちに行こう」

　トーストにバターとジャムが添えられた皿、サラダボールには、名前の知らない野菜にグレープフルーツやキウイ、赤黄緑のミニトマトがたっぷり。

「お店経営してたの？　何にも知らなかった。ここまで大変だったでしょうね」

　食べながらも、私は旬にあれこれと質問を浴びせた。

「春も頑張ってたじゃないか。だから俺もここまでこれたんだ。春が居たからだよ。このサラダ旨いだろ？　農家と直接契約してるんだ。だから季節に応じて新鮮な野菜や果物が出せる。コーヒーも、旨いだろ、香りもね」

「前に海辺のお店で飲んだコーヒーみたい」

私が言うと、そうだと言うように旬は、うなずいた。

「俺とケンは、海外まわって、コーヒー園とも契約して、そこから輸入している。ブレンドは、ケンがして店に入れてくれている」

「旬は、海外も行ってたんだ。すごいね。私日本から出たことないし、日本もほんの少ししか知らない。狭い世界で生きてきたんだね、私って」

「俺が、これから連れて行ってやるよ」

新鮮な野菜や果物がどれも、みずみずしくて美味しい。久し振りにゆっくり味わった朝食だった。

「春、薬は飲んだのか？　辛い時は無理しなくていいからな」

旬は常に私を気遣ってくれる。

旬は満足そうに、ハンドルを握っていた。スーパーマーケットに行くと思っていたら、車を停めたのはブティックの前だった。

「これから寒くなって来るだろ。コートや服買わないとな」

バーゲンセールの安い物しか買ってこなかった私は、高いからいらないと言っても、旬は俺が買いたいんだと、店に入っていった。目に留まった服を私に試着をさせ、次から次へと買って、カードで支払い、家に送るよう指示している。私は、何着も着替えを繰り返して少し疲れも出て、ただ他人事のようにぼんやりしていた。

車内で静かな私に、旬が聞いてきた。

「気分でも悪い？」

「いっぱい買ってもらって申し訳ないと思って……」

「何を言ってるんだよ、俺の嫁だろ？　買って当たり前じゃないか。余計な気を使うなよ。よく泣くやつだな」

言いながら片手を伸ばして、私の手を包んできた。温かい、優しい手だった。

昼になって風が冷たくなってきた。木々の葉も茶色くなり、一枚また一枚と散っていく。

「春、今日は和食店に寄るから一緒に行くかい？　何か予定あるのか？」

マグカップのコーヒー片手に旬が聞いてきた。

「私そろそろ病院行かないと、薬がもう少ししか残ってないの」

「俺が送って行くよ」

旬は、私のこととなると、仕事より私を優先する。

「婦人科病院なんだから、妊婦ばかりで恥ずかしくなるよ」と言っても、聞かなかった。

病院は、赤ちゃんを抱いた若いお母さん達、そして赤ちゃんの泣き声が響く。初めての彼の目には、どのように映っているだろうと、そっと横を見た。両手をぎゅっと握りしめ、無言で前を向いて私の隣に座っていた。旬はきっと、私が子供を産めなくなったことを自分の責任として受け止めて、私を一人にしたこともすべて自分が悪いんだと思い込み、それに耐えている。おそらく旬の心は、私が初めてこの病院に来た時と同じだろう。いや、私以上に衝撃を受けているだろうと思った。

私も最初、自分の運命を呪った。でも愛した人に救ってもらった命。どんなことがあっても乗り越えようと思い、今は自分の体と向き合って生きている。

診察室から出て、待合室の旬の横に座ると、そっと背中から肩へと手を回してきた。私は甘えようと、寄り添ってくれる旬に体の重心をかけた。

「岩倉春さん」と名前を呼ばれ、薬を受け取りに受付の前に行く。旬は私から手を離さず一緒に移動した。さっと支払いを済ませて薬袋を受け取ると、車までそのまま付き添って歩いてくれた。助手席のドアの前で、私をぎゅっと抱きしめた。無言で……。

無言が一番心に染みる。

私のあごを上向かせ、唇を重ねてきた。

一人ではない。私が愛した旬が居ると思うと、閉じた目から涙が耳元へと流れていった。

無言の唇が、熱い手が多くを語る。

君は一人じゃない。俺が居る。

俺が守ってやるよ。

愛している。

車を走らせて、しばらくして旬がぼそっと言った。

「春、そろそろ大西姓に変更しないか？　一緒に家庭裁判所へ行こう」

私はちょっと照れくさかった。

スマホチェックをしていた旬が、「そろそろピークも過ぎるから、和食店に行って食事しよう。昼過ぎてしまったが、その方がゆっくりできる」と、自分の店に連れて行ってくれた。

「いらっしゃいませ。社長、個室御用意できていますが、アルコールはいかが致しましょうか？」

「今日は車だから酒は無しだ。日本茶でいい、食後はコーヒーを頼む」

「承知致しました。それから、奥様、御挨拶が遅れて申し訳ありません。店長を任されております、川本と申します。宜しくお願い致します」

私も、お世話になっていますと返すと、店長は

「とんでもございません。私がお世話になっております。さあ、どうぞこちらへ」と案内された。

六畳の和室は床の間に花が生けられ、静かで落ち着いた空間。中央の卓上には二人前には多すぎる料理が並んでいた。煮物、焼き物、揚げ物、刺身と食べきれないだろうと思った。先程の店長が茶わん蒸し、御飯、赤だしを運んできた。

「コーヒー注文するまで、ゆっくりさせてもらうから」

「かしこまりました。ごゆっくりどうぞ」

店長が部屋を出てから、旬は口を開いた。

「本当は一品ずつ出てくるんだが、何度も出たり入ったりされたら落ち着かないだろ。俺が一度に出してくれって言ったんだ」

呆れている私に、早く食べようと促してきた。一つ一つの食材が生かされ、甘すぎることも、辛すぎることもなく、日本人に合う味付けだった。

部屋の雰囲気も落ち着けて、箸が進む。

「旬とこんな日を過ごせるなんて、夢みたい。もしかしてこの食材も、契約農家さんとか漁師さんとか？」

「旨いだろ。俺が足を運んで直接会って契約した所から送られてきた物だ。だから味も安定するんだ。いつもより食べられるだろ？　春はもう少し食べないと、体力ないだろ。それに運動もな」

「確かに」納得してしまった。

「ここでゆっくりしてから、家の近く歩いてみないか？　自分が住んでる所、アプリで分かるけど、自分の足と目を使って調べることも大事だと俺は思う」

旬が選んだ街をこの目で見たかったので、私は旬に同意した。


住宅街は、私が思った以上に広かった。川の両岸に広がっていた。川辺に広がる公園。葉のない桜の木。

「旬、もしかしてこの川、一緒に花火見物に行った川に続いてる?」

「そうだよ。よく覚えてたな」

「旬との思い出は忘れられないよ」

「寒くない? 風が冷たいから帰ろうか」

そう言って来た道を帰ろうと、私に寄り添ってきた。

「桜が咲くと賑やかだぞ。花見客でいっぱいになる。春と一緒にお花見ができる。今から楽しみだな」

嬉しそうに歩く旬。私は、旬に元気をいっぱいもらっている。

自宅に戻り、リビングのソファーでホットコーヒーを飲みながら、質問した。

「旬のお店のレストランと和食店って、どういうお客様をターゲットにしてるの?」

旬は、私が仕事に関することを聞いたものだから、飲みかけていたコーヒーカップから口を離して私の方をじっと見た。

私は、私の思いを口にしてみた。

「私ね、レストランとか和食店じゃなくて、朝早いお年寄りが、ちょっと立ち寄ってお茶したり、障害者の人が気軽に入って話したりお茶したり、心のより所になってもらえるようなカフェを作れないかなあって思ってるんだけど。病院で働いていた時、いろんな問題かかえている人が多すぎて、大変だった。今、こうして私自身ゆっくりできるようになって、あの頃出会った人達のこと考えることがある。淋しいお年寄りって多いのよ。それに障害があっても障害がない人と同じようにお茶して当たり前でしょ？　ただね、そういう場所が少ないと思う。入りたくても入りにくかったり、手話通じなかったり……私はそんな人達の力になりたい。集まれる場所を作りたいなあって思っているの」

私の話をじっと聞いていた旬が、

「早い話が、俺がオーナーで、春が店長のカフェ店を作れないかということかい？」

と口を開いた。

「無理かなあ」

「本気で、言ってるの？　春。正直、びっくりだな。春がそんな考え持っていたとはな。一緒にやってみようか」

「私、声が出ない時あったでしょ。それに子供できない体になったでしょ。私自身経験してるからね、今度はそういう人達の力になってあげたい。人は誰かに寄り添ってもらったり、話を聞いてもらうだけでも、生きようって思えるようになれると思う。だって今の私があるのも、旬に愛してもらってるからよ。そうだ、コーヒーはケンさんにお願いしてみようかな」

旬は、ニヤニヤしながら私にくっついてきて、耳元でささやいた。

「じゃあ、ハルカフェでも始めようか？　ハル店長」

「オーナー、宜しくお願いします」

お互いに見つめ合って、笑った。旬はいつもより嬉しそうだ。

「私自身が、老人ホームとか、障害者施設に働きに行ってもいいけど、そうなると、じっくり寄り添って話を聞いてあげる時間が少ないの。今までがそうだった。みんなそれぞれ忙しいのよ、仕事がありすぎて終わらない。でもね、私が店長だったら、いっぱいおしゃべりできるじゃない。売り上げはマイナスになっちゃうかもね。へへ……」

「春はとんでもないこと考えてくれるなあ。まあ、思うようにやってみなさい」

私は生まれて初めて歩き出すような気分になっていた。

旬はすぐに動き始めた。年明けすぐ、家から少し離れた場所にあった空き家をリノベーションした。私は、車椅子の人のために出入り口は広く、床は段差をなくし、店内にも手すりを付けた、バリアフリーにして欲しいと要望を出した。

ハルカフェは、桜の開花を待っていたように、三月末にオープンした。朝六時半から昼十二時までの営業である。丸一日では私の体が持たないと思い、まずは半日からのスタートにしたのだった。旬の店に合わせて定休日は月曜日。旬は宣伝もしないで客が入るのかと思っていたらしいが、私は必ずお年寄りが来ると確信していた。私自身、お茶したくても早くから開いているカフェが少なかったし、お年寄りの方からも話を聞いていたからだ。元気なお年寄りの要望と言える。

「いらっしゃいませ。どうぞお好きな席へ」

二人の元気そうなおじいちゃんが入ってきた。

「新しくできたんだってねー。助かるよ。今どきのもんは、早くても九時にならんと開けてくれんからな」

もう一人のおじいちゃんが、そうそうとうなずいて、

「お姉ちゃん、コーヒー二つな」

と、注文してくる。

「かしこまりました。ありがとうございます」

アルバイトの子に注文を伝えた。

「早くから、ありがとうございます」

私が言いながら、コーヒーを出すと、

「姉ちゃん、それは俺らのセリフよ、なあ、テツ」

テツと呼ばれたおじいちゃんが、

「そうよなあ。ここらあたり、こんな朝からコーヒー飲める所ないもんな。俺ら五時に起きて、川べり散歩するんだけどなあ、ちょっと座ってしゃべる場所もないもんなあ。助かるよなあ」

「まあ、助かるのは私です。お客様が来て下さらなかったら、私、店長クビになります」

「そりゃ困るな。俺らの憩いの場も消えるとなると問題だぞ」

「テツ、老人会の役員だろうが。ここのこと広めとけ」

「松ちゃんこそ、町内会で紹介しろよな」

コーヒーの香りが広がって、店内は幸せな憩いの場となっていった。

「姉ちゃん、コーヒー旨いな。どっかから仕入れてんのか？」

「ブレンドしたオリジナル品を仕入れてます。どこの国の物か、どんなコーヒー豆か私何も知らないんです。オーナーのヒミツです。香りが良くて、美味しいでしょ」

二人組のおじいちゃんは美味しそうにコーヒーを飲んでいたが、外を気にし始めた。

店の外に、中に入るのをためらっているような青年が一人見えた。私が入り口を開けて、入店を促しても迷っている様子。ふと思いついて手話を使ってみた。

〝コーヒーいかがですか？〟

〝手話できるんですか？〟

と、青年は返してきた。私は笑顔でもう一度、〝宜しかったら、コーヒーいかがですか?〟手話を交えて伝えると、青年は嬉しそうに店内に入って来た。

「姉ちゃん、手話できるのかい。すごいな」

おじいちゃん達はびっくりした様子だった。

私は、青年にも分かるように手話と会話の両方で、自分が病院で働いていたことを伝えた。青年も手話で〝コーヒーが美味しい。これから作業所に行くところだ〟と教えてくれた。障害者が気軽にお茶できる所が少ないです、とも伝えてきた。

私も、〝私は精神的ショックで一時的に声が出なくなっていたことがあって、その時に手話を習った〟と伝え、〝店長の大西春と言います。これからも、気軽に話しに来て下さい〟と手話を交えて話した。

青年はコーヒーを飲み終えると立ち上がり、会計を済ませると頭を下げて、〝ごちそうさまでした。行って来ます〟と出て行った。私は手を振って送り出すことができた。

一時間は、あっと言う間に過ぎて行く。

おじいちゃん達と入れ替わるように杖をついた老夫婦らしい二人と、学生のような女の子が入って来た。おじいちゃんらしい人が、

「コーヒー二つと、ミルクコーヒー一つね」

と、注文してくれた。おばあちゃんが私に話しかけてきた。

「こんなに早くから開いてるなんて、私達は嬉しいけど、あなたが大変ね」

「私の心配して下さるなんて思ってもみませんでした。ありがとうございます。でも、これは私の要望ですから。だって朝早くコーヒータイムして、おしゃべりできる所って少なすぎますもの」

「そうよね。少ないですよね。私達はいいんですよ、でもねえこの子がね、私達の孫なんですが、学校に行かなくなってね」

そう言った時だった。

「やめんか、その話はするな！」

おじいちゃんが急に声を荒らげたので、女の子はビクッとして下を向いてしまった。

「人の生き方って色々ですものね。私だってここのオーナーに助けてもらわなかったら店長なんてできません」

私はそう言いながら、左手首をさりげなく見せた。

「これだって今だから話せるんですよ。当時は、しゃべることすらできなくなってたんですよ。おかげで、手話ができるようになりました。人生分かりません。私は、あの川辺に咲いてる桜のように一日一日を頑張ってます」

おばあちゃんは、口に両手を当てたまま、私の話を聞いていた。

「ごめんなさい、こんな話して。どうぞコーヒー召し上がって下さい。おじょうさん、偉いですね。生きるってことは、しんどいし、辛いですよね。でもちゃんと生きてる。それだけでも私はすばらしいと思いますよ。あなたは頑張ってる。そして頑張ってここへも来てくれた。ありがとう」

「私が、頑張ってる？」

女の子はポツリと呟いた。

「そう、あなたは頑張って生きてる。私より偉いと思う。私は消せない傷つくっちゃった。あなたは、私より偉いと思うよ」

黙っていたおじいちゃんが口を開いた。

「この子の親もあんたのような考えならいいんだがな。この子を叱るからだめなんだよ」

「私は、親になったことがないので何も言えません。でも、おじょうさんは幸せですね。だって心配してくれる人がたくさんいらっしゃる。御両親もあなたのことを心配色の世界の中でお昼を食べた。

…ていた。淡いもも

老夫婦は、また

ざいました」、そう言って帰った。私はまた

女は自分で分かってる。あの子なら大丈夫だと思った。私だって、こんな元気にな

たんだもの。

オープン初日、お客さんとこんなに話ができるとは思っていなかった。

十二時少し前、旬が車で迎えに来た。

「お疲れ。どう初日の感想は？」

「私が思ってたよりお客さん来てくれたわ。半分以上がお年寄り。早くから開けてもらって助かるってお礼言われちゃった。朝早いとあなた大変ねって、心配までされたわ」

　私が笑顔で言うと旬は、

「まあ、春が楽しいなら好きにすれば、俺は文句言わないさ」

と言いながら、レジを見て、初日にしては人が来たんだな、と独り言のように言っている。

アルバイトの子が、定時になり帰って行った。旬が手伝ってくれて片付けと戸締まりを終えると旬が口を開いた。

「疲れただろ、無理して飛ばさなくていいんだよ。春が考えていることをしていけば俺は何も文句は言わない。ただ、体だけは大事にしてくれ、それだけだ」

「分かってる。いつもありがとう」

「昼飯食べに行こう。今日は、レストランだ。和食店は予約でいっぱいなんだ」

「旬のお店はすごいね」

「俺一人ではできない。ケンやスタッフ達が居てこそだよ。ハルカフェは俺も支えていくから心配するな」

私は、みんなに、旬に支えられている。

レストランは、小林店長が気持ちよく迎えてくれ、桜の見える席を用意していますと案内された。満開に近い桜が風に揺らされハラリ、ヒラリと舞って

色の

春野菜がたっぷり盛られた大皿プレートに鶏のから揚げ、根菜類の素揚げ、小さなカップにさくら色のババロアが添えられていた。シャキシャキ野菜が美味しい。

「奥様、お疲れ様です。フルーツたっぷりのスムージーを用意致しました」そう言って店長が運んできた。

フルーツの甘さと酸っぱさが程よく調和され疲れたノドに、体の芯に届いていく。

「差し出がましいですが、御都合の悪い時は、うちのスタッフ行かせますので仰って下さい」

「お心遣い、ありがとうございます」

そう言って私は頭を下げた。みんな旬のおかげだと、感謝しかない。

ハルカフェは、急にお客様が増えていった。元気なお年寄りが、この街にこんなに居たんだ。今までどこに居たんだろうかと思うぐらいに来店してくれた。ゲートボールや通院仲間、近所同士など多くの人が利用してくれた。

平日のある日、老夫婦と一緒に来ていた女の子（女子高生だった）が一人で来店した。よほどの決心がないと一人では入りにくいのに来てくれたことが嬉しくて、私は笑顔いっぱいで彼女を迎えた。

「来てくれてありがとう。すごい勇気出してくれたのね」

女子高生は、恥ずかしそうに言った。

「ミルクコーヒー下さい」

私はクッキーも添えて出した。

「今日、学校行って来ました。テストだったから」

「そう。すごい、偉い。私より偉い。勇気出して頑張ってきたのね」

「この前店長さんの話聞いて、勇気出してみたの。頑張ってるって初めて言ってもらって、私、嬉しかった。あの帰り道、足も体も軽かった。ありがとうございました」

私は思わず彼女を抱きしめていた。子供を産めなかったけど、自分の子供のように思えた。


作業所で働いている青年は、出勤前によく寄って行くようになった。仕事場に手話ができる人が居ないのだろうと思う。私と手話する時は笑顔になる。

テツさんと松さんが、来店客を増やしてくれた。おかげで、外で待って頂かないと店内満席のこともあり、私も嬉しい悲鳴を上げた。

旬の迎えがない時は歩いて帰る。家まで十分程の距離だが、旬からはラインや電話があった。子供じゃないからと言うと、旬はいつも俺の嫁だから、と返してきた。

初夏になり、日射しが眩しく、昼間はすぐ汗が出る日が続いていた。朝六時半オープンを外で待っている人が出始め、常連さんがかなり増えた。旬の和食店も、予約が取れない店とまで言われるようになっていた。

定休日、私は朝ゆっくり休んでいたが、旬はパソコンの前で仕事をしていた。二人分のコーヒーを持ってリビングへ行くと、仕事の手を休めコーヒーを飲み始めた。

私もゆっくりコーヒーを味わう。無言でコーヒーを飲んでいる私に旬が話しかけてきた。

「春、何考えてる？」

「いっぱい考えてる。次から次へと増えてくる」

旬は笑いながら「何だよそれ、俺には言えないことか？」と言う。

「旬はすごいなあって思ってる」

「俺だって、春がカフェをあんなに流行らせるとは思ってなかったよ。今思ってるのは別のことだろ。話せないことなのか？」

私の顔をじっと見つめて言った。

「あの和食店、予約が取れないぐらい流行ってるんでしょ？　あのままでいくの？二号店とかって考えてないのかなって、ちょっと思ってた」

「春はそんなこと考えてたのか。実は俺もだ。今迷っている。店を増やせばリスクも増える。今の店と同じサービスができるかが問題なんだ」

「手を広げすぎて失敗したって話よく聞くよね。ただね、私が思うのは、和食店の料理を食べたいって言ってくれるお客さんが多いんだから、お店で食べれない人には、家で食べられるように、テイクアウト弁当なんて商品考えたらどうかな？　お店一からは大変でしょ」

「テイクアウトかあ。今増えてるよな」

「もしそれが可能となれば、ハルカフェにもテイクアウト弁当少し回してもらえれば……なんてね」

「君は次々と恐ろしいことを考えてくれるよなあ」

へへへと笑うと、

「へへじゃないだろ本当に。最後はハルカフェに戻るんじゃないか」

「だって、店長ですから」と返すと、旬は笑顔でそして嬉しそうだった。

テイクアウトの件で店長と話もしないといけないので、昼食は和食店に行った。少し時間をずらし、ピーク時間を避けた。

ハルカフェの営業はお昼までだ。昼御飯の弁当とか出して欲しい、また夕方まで営業できないのかなど、私にも要望が寄せられている。私も正直、ここまで必要としている人が居るとは思っていなかった。

まずは新鮮な野菜をいっぱい食べようと思い口に運んでいると、旬が急に、

「春、そろそろ病院行く頃なんじゃないか。薬まだあるのか？」

と聞いてきた。

「あまり飲んでないから、大丈夫。汗はすごいけど、めまいはしないし、吐き気も最近は少ないから」

「そうなのか？　病院は一人で行くな。俺も一緒に行くからな。あの場所に春一人行かせるなんて俺は耐えられない」

「私は世界一の幸せ者ね」

私は笑いながら、流れる汗をハンカチで押さえた。

食後のコーヒーを飲みながら、店長と旬が話し合いをした。どうやら本気でテイクアウトを始めることにしたらしい。そのためには増員、調理場増設、弁当の種類と数などを決めるのはもちろん、仕入れから考えなくてはならない。私は本当に旬に支えられ、甘えさせてもらっているとつくづく思った。

夏が終わり、街は秋の色へと変わっていった。心に色々な悩みや迷いを持ってハルカフェに集う人々の笑い声も広がっていった。

旬の店は、テイクアウトも成功しつつあるようだ。〝季節の野菜たっぷり〟というのが、現代人にマッチしたようで、私の知らない野菜がいっぱい使われている。旬は食材の仕入れから一つ一つ勉強したんだ。生産者の話を聞いて、信頼関係も作って、お店持って……すごいねって言えば、いつも、春が居たからと言われる。私の方こそ、旬に救われたから、生かされているのに。

「春、何を考えてる。体調は大丈夫か？」

旬が気遣って聞いてくる時は、私を抱きたい時が多い。

「春、夏の疲れ出てくる頃だろ、思い切って休もう。スタッフ達も休ませてあげないとなの四、五日休んで、旅行でも行くか？　行きたい場所とかあるか？」

「旬と一緒だったらどこでも。でも場所より乗り物。旬には悪いけど、急に具合悪くなっても止められるように旬の車で行きたい」

「体調、そんなに悪いのか？」

旬は心配そうに、顔を近付けてきた。

旬の希望通りにさせてあげた。口を塞がれ優しく旬の腕の中で抱かれた。


次の日の昼、旬と店の片付けをしていた時だった。軽い吐き気を我慢していたが、体の力が抜けていき、目の前が暗くなっていった。私を呼んでいる声が遠くなり、体を抱き止められているような、幻なのか……。

そうっと目を開けると、病院のベッドの上だった。点滴の針が腕にささっていた。

「大西さん、春さん、分かりますか？　病院ですからね、大丈夫ですよ」

ナースが旬を呼んでくれた。

「気が付いたか。もう大丈夫だそうだ。もう少し落ち着いたら帰ってもいいそうだ」

私は少し吐いた。昼食を食べていないから、胃液しか出ない。それがまた、辛かった。

旬は昼食も食べずに、ずっと私のそばに居てくれた。家に帰ったのは夜になってからだった。旬に支えられ家の中に入るなり、私は旬の胸の中で泣いた。

「旬、ごめんね。ごめんね」

「春が謝らないといけないことなんて一つもない。もう言うな。泣かなくていいから。体、まだだるいか？　ベッドに行こう」

旬はスマホで誰かに連絡していた。すぐに小林店長が、旬の夕食を届けてくれたようだった。

「小林が夕食を届けてくれた。明日はスタッフ一人、回してくれるから、気にせずゆっくり休みなさい。吐き気がなかったら、何でも食べていいらしいから、小林が持って来た果物ジュース飲んでみるか？」

そう言ってコップに入れてくれたのは、ミックスジュースだった。小林さんは、私のためにいろんな果物を入れて作ってくれたんだろうと思った。

薬を飲んで、しばらくして私は眠ったようだ。次に目を覚ますと部屋は暗かった。ドアのすき間から明かりが漏れていた。

ベッドから起き上がり、立てそうだったのでドアまで歩いて少し開けると、リビングで旬が仕事をしていた。午前二時過ぎだった。

私は、旬の予定を潰してばかりだ。本当に申し訳ないと思う。

旬は、いつ眠ったんだろう。朝、目覚めるとベッドの横に旬が居た。

「春、体は？　まだ辛かったらもう一度病院来るように医者が言ってたけどな」

「病院行かなくても良さそう」

そう言うと旬は、何か食べる物、持って来るから、と一階に行こうとする。

「旬、私行くから。下で食べるよ」

「大丈夫か？」と言いながら、私に寄り添って下まで歩いてくれた。

「シャワーもしないとね」

「俺もだ」

「旬、もしかして眠ってない？　私一人にして仕事行けないと思って、今日のために夜仕事してたの？　目を覚ました時、ベッドに居なかったから」

「気付いてたのか」

「だって旬の奥さんだよ。奥さんらしいこと何もできてないけどね」

そこまで言うと私の口を押さえるようにして、旬が言った。

「春は十分できてる。ハルカフェ店長してるじゃないか。マイナスどころか黒字続きだ。俺もびっくりしている。やっぱり俺の嫁だ」

その日は一日、ずっと旬は私のそばに居てくれた。食事は和食店から届けられ、煮物中心の御飯が美味しく感じられた。シャワーの後でスッキリしていたからかもしれない。

次の日は定休日。旬は朝から外食に行けるか聞いてきた。私が大丈夫と思うと答えると、車を走らせた。私はシートに体を沈め、流れる街並を見ていた。旬は時々、大丈夫かと聞いてきた。車は、一年前の午前三時のバー、ケンさんが経営している店の駐車場に停められた。車から降りると、海は波が高く、風が冷たかった。

「よう、久し振り」

「旬さん、奥さん、おはようございます。早いっすね」

「嫁、体調悪かったから、休んでるんだ。ケン、コーヒーと、何か作れるか？」

「了解。奥さん、もう大丈夫なんすか？」

「まあな」

旬が答えてからは、何も聞いてこない。たくさんの人を相手にしているから、そこらあたりの距離感が良い。フライパンを持つ手に集中していた。

香りの良いコーヒー。スクランブルエッグにこんがり焼けたトースト。

私の汗を見て、ケンさんがさり気なく、新しいおしぼりを渡してくれた。何も聞いてこない。私も何も言わない、ただ店主と客。

波の音を聞きながら、ずっと座って居たくなる空間だった。

帰りの車中で、私がその話をすると、旬がちらっと私を見て言った。

「俺もだ。あの空間が好きで時々行きたくなる。知らないやつが聞いたら、たかだかコーヒーのために一時間近くもかけて行く所かって笑うかもしれないが、あの旨いコーヒーと空間がいいんだよ。波の音もな」


火曜日、午前六時過ぎ、ハルカフェに旬と行くと、すでにテツさんと松さんが待っていた。私が車から降りると、二人はかけ寄ってきた。

「ハルちゃん病院行ったって聞いたからよ」

「も、もう大丈夫なのか？　え？」

「無理して欲しくはないけどよ、なあテツ」

「そうだよ、ハルちゃん居ないとコーヒーまずくてな」

口々に言い合う。私が店を開けずに相手をしていると、旬が店を開けてくれた。アルバイト君も来てくれたので、「旬、仕事は?」と聞くと、「春が心配だから、今日は俺が手伝う」と言いながらエプロンを付けていた。

テツさんと松さんが、私に、「この人誰?」と顔を向けてきた。

「この人、ここのオーナーですよ。さっき誰かコーヒーがまずいなんて言わなかった? 聞こえてたらやばいですよ」

私が言うと、二人は顔を見合わせて口に手を当てている。おかしくて笑っちゃいそう。

「ここのオーナーです。いつもご来店頂き、ありがとうございます」

コーヒーをテーブルに置いて挨拶した旬は、

「春がいつもお世話になっています」

と言ったから、二人は、旬と私のエプロンに付いている名札を見比べていた。

「も、もしかして夫婦なのか?」

口を揃えて言った。私達も「はい」と同時に答えると、またまた、びっくりしたようで、松さんがおそるおそる聞いてきた。

「失礼なこと聞くけど、あの向こうの方にある、なんか予約が取れないとかいう和食店のオーナーさんですか」

「そうですが、何か？」

「やっぱり、どっかで見た名前だと思ってたんだ」

「すごい有名店じゃないか。あんた有名人の奥さんだったんだ。俺達気軽にハルちゃんなんて呼んで悪かったな」

「どうしてですか。今まで通りハルちゃんでいいですよ。私は春って名前ですもの」

笑顔で返した。

「じゃあ、あつかましいけどよ、町内会の集まりにテ、テイなんとかって言うあの……」

「テイクアウトですか？」旬が言った。

「そうそう、それの弁当とかって、お願いできるかな？」

松さんが旬に聞いた。

「前もって日時と個数を連絡頂ければ御用意します」

旬が気持ちよく言ってくれたのが嬉しかったらしく、日時がはっきりしたら連絡しますと言って帰っていった。

私は二人の様子を見ていて思った、あの二人はきっと、オーナーと直接話をしたと、あちこちで言い触らすだろうと。旬に言うと、「だろうな」とでも言うように、にやっとした顔を向けてきた。

七時頃からは、次々と入れ替わるように客が来る。手話の青年も、笑顔でコーヒーを楽しんで、私との手話もはずむ。

彼が帰った後、旬がさり気なく私のそばでささやいた。

「春はすごいな。俺は春のこと惚れ直したよ」

耳元が、熱かった。

お昼前になって、女子高生が入ってきた。

「ハルさん、こんにちは。ねえこれ見て」

嬉しそうに広げた答案用紙は、見事に全てが百点満点だった。

「すごいじゃないの、よく頑張ったね」

私は、自分の娘のように抱きしめていた。

「御両親、おじいちゃん、おばあちゃんにも見せてあげてね。大きな顔して、前向いてていいんだからね」

「ありがとうございます。ハルさん私ね、もっと頑張れる気がする」

「気がするじゃなくて、あなたならできるわ。私に一番に見せてくれてありがとう」

彼女は笑顔でうなずき、美味しそうに、いつものミルクコーヒーを飲んで帰った。

アルバイトの子が帰って、二人になると旬が、急に私を抱きしめてきた。

「お疲れ様。春、俺はますます君を好きになっていくよ。今すぐ、君を抱きたい」

唇を重ねてきた。私はそっと両手で押し返した。

「旬はエッチだからね。私はお腹ペコペコなの。まずは、レストランと和食店の店長さんに、この前のお礼言って、それから、和食店の方に、松さんのテイクアウトの件を伝えとかないとだめでしょ？　それから、旬とゆっくり食事がしたいな」

笑いながら旬に言った。

旬が返した。

「了解しました。ハル店長」

著者プロフィール

中田 和枝（なかた かずえ）

1958年、和歌山県に生まれる
短大卒業後、養護施設に勤務する
結婚退職後は、食品スーパーでバイトとして働く
現在、主婦の傍ら執筆活動中
『愛されて　生きて』は、自身初の小説

愛されて　生きて

2025年１月15日　初版第１刷発行

著　者　中田 和枝
発行者　瓜谷 綱延
発行所　株式会社文芸社
〒160-0022 東京都新宿区新宿１－10－１
電話 03-5369-3060（代表）
03-5369-2299（販売）

印刷所　TOPPANクロレ株式会社

ISBN978-4-286-25996-3